Kritik des Herzens
Heiter-besinnliche Verse

von

Wilhelm Busch

Herausgegeben von
Dieter Zimmer

FALKEN

In der FALKEN Reihe „Humor der Weltliteratur" sind noch folgende Titel erschienen:
„Die besten Kurzgeschichten von Mark Twain" (4458)
„Die schönsten Galgenlieder von Christian Morgenstern" (4460)
„Ein Mensch... und andere heitere Verse von Eugen Roth" (4461)
„Scherz und Satire von Roda Roda" (4462)
„Beliebte Autoren des 19. Jahrhunderts: Englischer Humor" (4463)

CIP-Titelaufnahme der Deutschen Bibliothek

Busch, Wilhelm:
Kritik des Herzens: heiter-besinnliche Verse / von Wilhelm Busch.
Hrsg. von Dieter Zimmer. – Niedernhausen/Ts.: FALKEN, 1989
(Humor der Weltliteratur)
ISBN 3-8068-4459-3

ISBN 3 8068 4459 3

Titelbild: Selbstporträt von Wilhelm Busch
Umschlaggestaltung: Manfred Waller, Reinbek
Satz: Typo Schröder Fotosatz, Dernbach
Druck: Wiener Verlag, Himberg bei Wien
Printed in Austria

817 2635 4453 6271

Liebe Leserin, lieber Leser,

mit Wilhelm Busch ging es mir wohl nicht anders als den meisten von Ihnen: Zuerst begegnete ich Max und Moritz. Die mir zu dieser Begegnung verhalfen, meine Familie nämlich, hatten sich freilich anderes davon versprochen, als daß ich die Knaben zu Vorbildern wählte. Natürlich traute ich mir nicht alle beschriebenen Untaten auch selbst zu, aber ich denke: Wenn ich niemals einem Verwandten Maikäfer ins Bett streute, dann nur deswegen, weil schlechte Maikäferjahre waren. Das schmähliche Ende von Max und Moritz empörte mich in all seiner Ungerechtigkeit stets aufs neue, und anfangs hegte ich noch bei jedem Lesen die unvernünftige Hoffnung, die Geschichte möge diesmal gerecht ausgehen.
Seinerzeit las ich auch Micky-Maus-Hefte. Mir wäre jedoch nicht in den Sinn gekommen, daß zwischen Max und Micky eine direkte kulturgeschichtliche Verbindung bestünde. Mittlerweile weiß ich aus der Feder von Fachleuten: Wilhelm Busch war der Erfinder oder wenigstens der Vorreiter des Comic strip.
Die nächste Begegnung mit dem Meister, immer noch in meinen jungen Jahren, ergab sich daraus, daß ich im hannoverschen Vorort Herrenhausen nicht weit vom Wilhelm-Busch-Museum wohnte und mich eines Tages die Neugier übermannte. Da erfuhr ich, was ich ebenfalls nicht geahnt hatte: Daß Wilhelm Busch als Maler ein Vorläufer und Wegbereiter der Impressionisten gewesen sei. Mein Unwissen finde ich heute entschuldbar, da nicht einmal die Impressionisten selbst etwas davon gemerkt hatten.

Richtig ist wohl, daß sich Busch anfänglich lieber als ernsthaften Maler denn als Erfinder humoriger Zeichenserien sehen mochte. Aber dann hatte es zu dem einen nicht ganz gereicht, während das andere plötzlich seinen Mann nicht nur ernährte, sondern zum Millionär machte. Wenn unerfüllte Träume doch immer so endeten ...

Trotz des mäßigen Erfolgs hie und des überwältigenden da streiten die Fachleute, welcher der zwei Buschs der bedeutendere gewesen sei. (Nicht der beliebtere, das hat das Publikum früh entschieden.) Ich möchte mich aus diesem akademischen Streit heraushalten, zumal mir beide Teile seines Werkes gut gefallen.

Aber was heißt: beide? Es gibt ja noch einen dritten Busch. Jenen, der, ohne Zeichenstift oder Pinsel zu bemühen, Gedanken in Verse goß, beschauliche Gedanken, sarkastische, philosophische und beinahe philosophische. Manche Busch-Freunde mögen diesen Busch besonders gern (Hermann Hesse, immerhin, sah das so), viele mögen den anderen Busch oder die beiden anderen Buschs lieber, lesen aber diesen auch ganz gern.

Ist er noch zeitgemäß?

Wilhelm Busch wurde geboren drei Wochen nach Goethes Tod und starb wenige Jahre vor dem Ersten Weltkrieg. Seine Lebenszeit schlägt sozusagen eine Brücke vom längst Vergangenen bis in unser aufgeregtes Jahrhundert, das es besonders schwer macht, „in Mode“ zu bleiben.

Nun, daß die Spießer in seinen manchmal „ätzenden“, manchmal mild spöttischen Zeichensatiren Zipfelmützen tragen, die inzwischen nicht mehr gebräuchlich sind, kann nicht darüber hinwegtäuschen, daß Wilhelm

Busch heute noch die gleichen Geschichten aus dem Leben greifen könnte, nur eben ohne Zipfelmützen. Ebenso sind seine Reime über Menschliches, die er 1874 (da war er 42 Jahre alt) unter dem Titel „Kritik des Herzens“ veröffentlichte, vielfach bemerkenswert zeitgemäß geblieben. Oder ist seine Beschreibung ehelichen Alltags etwa überholt:

„Bei eines Strumpfes Bereitung
Sitzt sie im Morgenhabit;
Er liest in der Kölnischen Zeitung
Und teilt ihr das Nötige mit.“

Gut, man liest nicht mehr die „Kölnische Zeitung“, sondern die FAZ oder WAZ oder HAZ oder was auch immer. Aber sonst?

Viel Freude beim Lesen,

Es wohnen die hohen Gedanken
In einem hohen Haus.
Ich klopfte, doch immer hieß es:
Die Herrschaft fuhr eben aus !

Nun klopf ich ganz bescheiden
Bei kleineren Leuten an.
Ein Stückel Brot, ein Groschen
Ernähren auch ihren Mann.

Sei ein braver Biedermann,
Fange tüchtig an zu loben!
Und du wirst von uns sodann
Gerne mit emporgehoben.

Wie, du ziehst ein schiefes Maul?
Willst nicht, daß dich andre adeln?
Na, denn sei mir nur nicht faul
Und verlege dich aufs Tadeln.

Gelt, das ist ein Hochgenuß,
Schwebst du so mit Wohlgefallen
Als ein sel'ger Kritikus
Hocherhaben über allen.

Es sitzt ein Vogel auf dem Leim,
Er flattert sehr und kann nicht heim.
Ein schwarzer Kater schleicht herzu,
Die Krallen scharf, die Augen gluh.
Am Baum hinauf und immer höher
Kommt er dem armen Vogel näher.

Der Vogel denkt: Weil das so ist
Und weil mich doch der Kater frißt,
So will ich keine Zeit verlieren,
Will noch ein wenig quinquilieren
Und lustig pfeifen wie zuvor.
Der Vogel, scheint mir, hat Humor.

Ich kam in diese Welt herein,
Mich baß zu amüsieren,
Ich wollte gern was Rechtes sein
Und mußte mich immer genieren.
Oft war ich hoffnungsvoll und froh,
Und später kam es doch nicht so.

Nun lauf ich manchen Donnerstag
Hienieden schon herummer,
Wie ich mich drehen und wenden mag,
's ist immer der alte Kummer.
Bald klopft vor Schmerz und bald vor Lust
Das rote Ding in meiner Brust.

Der Hausknecht in dem „Weidenbusch“
Zu Frankfurt an dem Main,
Der war Poet, doch immer kurz,
Denn wenig fiel ihm ein.

Ja, sprach er, Freund, wir leben jetzt
In der Depeschenzeit,
Und Schiller, käm er heut zurück,
Wär auch nicht mehr so breit.

Die Selbstkritik hat viel für sich.
Gesetzt den Fall, ich tadle mich:
So hab ich erstens den Gewinn,
Daß ich so hübsch bescheiden bin;

Zum zweiten denken sich die Leut,
Der Mann ist lauter Redlichkeit;
Auch schnapp ich drittens diesen Bissen
Vorweg den andern Kritiküssen;

Und viertens hoff ich außerdem
Auf Widerspruch, der mir genehm.
So kommt es denn zuletzt heraus,
Daß ich ein ganz famoses Haus.

Es kam ein Lump mir in die Quer
Und hielt den alten Felbel her.
Obschon er noch gesund und stark,
Warf ich ihm dennoch eine Mark
Recht freundlich in den Hut hinein.
Der Kerl schien Philosoph zu sein.

Er sprach mit ernstem Bocksgesicht:
Mein Herr, Sie sehn, ich danke nicht.
Das Danken bin ich nicht gewohnt.
Ich nehme an, Sie sind gescheit
Und fühlen sich genug belohnt
Durch Ihre Eitelkeit.

Die Rose sprach zum Mägdelein:
Ich muß dir ewig dankbar sein,
Daß du mich an den Busen drückst
Und mich mit deiner Huld beglückst.

Das Mägdlein sprach: O Röslein mein,
Bild dir nur nicht zuviel drauf ein,
Daß du mir Aug und Herz entzückst.
Ich liebe dich, weil du mich schmückst.

Man wünschte sich herzlich gute Nacht;
Die Tante war schrecklich müde;
Bald sind die Lichter ausgemacht,
Und alles ist Ruh und Friede.

Im ganzen Haus sind nur noch zween,
Die keine Ruhe finden,
Das ist der gute Vetter Eugen
Mit seiner Base Lucinden.

Sie wachten zusammen bis in der Früh,
Sie herzten sich und küßten.
Des Morgens beim Frühstück taten sie,
Als ob sie von nichts was wüßten.

Mein Freund, an einem Sonntagmorgen,
Tät sich ein hübsches Rößlein borgen.
Mit frischem Hemd und frischem Mute,
In blanken Stiefeln, blankem Hute,
Die Haltung stramm und stramm die Hose,
Am Busen eine junge Rose,
So reitet er durch die Alleen,
Wie ein Adonis anzusehen.

Die Reiter machen viel Vergnügen,
Wenn sie ihr stolzes Roß bestiegen.

Nun kommt da unter sanftem Knarren
Ein milchbeladner Eselskarren.
Das Rößlein, welches sehr erschrocken,
Fängt an zu trappeln und zu bocken,
Und, hopp, das war ein Satz, ein weiter!
Dort rennt das Roß, hier liegt der Reiter,
Entfernt von seinem hohen Sitze,
Platt auf dem Bauche in der Pfütze.

Die Reiter machen viel Vergnügen,
Besonders, wenn sie drunten liegen.

Du fragtest mich früher nach mancherlei.
Ich sagte dir alles frank und frei.
Du fragtest, wann ich zu reisen gedächte,
Welch ein Geschäft ich machen möchte.

Ich sagte dir offen: dann und dann;
Ich gab dir meine Pläne an.
Oft hat die Reise mir nicht gepaßt;
Dann nanntest du mich 'n Quirlequast.

Oft ging's mit dem Geschäfte krumm;
Dann wußtest du längst, es wäre dumm.
Oft kamst du mir auch mit List zuvor;
Dann schien ich mir selber ein rechter Tor.

Nun hab ich, weil mich dieses gequält,
Mir einen hübschen Ausweg erwählt.
Ich rede, weil ich reden soll,
Und lüge dir die Jacke voll.

Kennt der Kerl denn keine Gnade?
Soll er uns mit seiner Suade,
Durch sein breites Explizieren,
Schwadronieren, Disputieren,
Soll er uns denn stets genieren,
Dieser säuselnde Philister,
Beim Genuß des edlen Weins?
Pump ihn an, und plötzlich ist er
Kurz und bündig wie Glock Eins.

Mich wurmt es, wenn ich nur dran denke. –
Es saß zu München in der Schenke
Ein Protz mit dunkelroter Nase
Beim elften oder zwölften Glase.

Da schlich sich kümmerlich heran
Ein armer, alter Bettelmann,
Zog vor dem Protzen seinen Hut
Und fleht: Gnä Herr, ach sein S' so gut!

Der Protz jedoch, fuchsteufelswild,
Statt was zu geben, flucht und schilt:
Gehst raus, du alter Lump, du schlechter!
Nix möcht' er, als grad saufen möcht er!

Ich habe von einem Vater gelesen:
Die Tochter ist beim Theater gewesen.
Ein Schurke hat ihm das Mädchen verdorben,
So daß es im Wochenbette gestorben.

Das nahm der Vater sich tief zu Gemüte.
Und als er den Schurken zu fassen kriegte,
Verzieh er ihm nobel die ganze Geschichte.
Ich weine ob solcher Güte.

Laß doch das ew'ge Fragen,
Verehrter alter Freund.
Ich will von selbst schon sagen,
Was mir vonnöten scheint.

Du sagst vielleicht dagegen:
Man fragt doch wohl einmal.
Gewiß! Nur allerwegen
Ist mir's nicht ganz egal.

Bei deinem Fragestellen
Hat eines mich frappiert:
Du fragst so gern nach Fällen,
Wobei ich mich blamiert.

Vor Jahren waren wir mal entzweit
Und taten uns manches zum Torte;
Wir sagten uns beide zu jener Zeit
Viel bitterböse Worte.

Drauf haben wir uns ineinander geschickt;
Wir schlossen Frieden und haben
Die bitterbösen Worte erstickt
Und fest und tief begraben.

Jetzt ist es wirklich recht fatal,
Daß wieder ein Zwist notwendig.
O weh! die Worte von dazumal
Die werden nun wieder lebendig.

Die kommen nun erst in offnen Streit
Und fliegen auf alle Dächer;
Nun bringen wir sie in Ewigkeit
Nicht wieder in ihre Löcher.

Ich meine doch, so sprach er mal,
Die Welt ist recht pläsierlich.
Das dumme Geschwätz von Schmerz
und Qual
Erscheint mir ganz ungebührlich.

Mit reinem kindlichen Gemüt
Genieß ich, was mir beschieden,
Und durch mein ganzes Wesen zieht
Ein himmlischer Seelenfrieden. –

Kaum hat er diesen Spruch getan,
Aujau! so schreit er kläglich.
Der alte hohle Backenzahn
Wird wieder mal unerträglich.

Es saßen einstens beieinand
Zwei Knaben, Fritz und Ferdinand.
Da sprach der Fritz: Nun gib mal acht,
Was ich geträumt vergangne Nacht.

Ich stieg in einen schönen Wagen,
Der Wagen war mit Gold beschlagen.
Zwei Englein spannten sich davor,
Die zogen mich zum Himmelstor.

Gleich kamst du auch und wolltest mit
Und sprangest auf den Kutschentritt.
Jedoch ein Teufel, schwarz und groß,
Der nahm dich hinten bei der Hos

Und hat dich in die Höll getragen.
Es war sehr lustig, muß ich sagen. –
So hübsch nun dieses Traumgesicht,
Dem Ferdinand gefiel es nicht.

Schlapp! schlug er Fritzen an das Ohr,
Daß er die Zipfelmütz verlor.
Der Fritz, der dies verdrießlich fand,
Haut wiederum den Ferdinand;

Und jetzt entsteht ein Handgemenge,
Sehr schmerzlich und von großer Länge. –
So geht durch wesenlose Träume
Gar oft die Freundschaft aus dem Leime.

Er stellt sich vor ein Spiegelglas
Und arrangiert noch dies und das.
Er dreht hinaus des Bartes Spitzen,
Sieht zu, wie seine Ringe blitzen,
Probiert auch mal, wie sich das macht,
Wenn er so herzgewinnend lacht,
Übt seines Auges Zauberkraft,
Legt die Krawatte musterhaft,
Wirft einen süßen Scheideblick
Auf sein geliebtes Bild zurück,
Geht dann hinaus zur Promenade,
Umschwebt vom Dufte der Pomade,
Und ärgert sich als wie ein Stint,
Daß andre Leute eitel sind.

Wenn alles sitzen bliebe,
Was wir in Haß und Liebe
So voneinander schwatzen;
Wenn Lügen Haare wären,
Wir wären rauh wie Bären
Und hätten keine Glatzen.

Ein dicker Sack – den Bauer Bolte,
Der ihn zur Mühle tragen wollte,
Um auszuruhn, mal hingestellt
Dicht an ein reifes Ährenfeld –
Legt sich in würdevolle Falten
Und fängt 'ne Rede an zu halten.
Ich, sprach er, bin der volle Sack.
Ihr Ähren seid nur dünnes Pack.
Ich bin's, der euch auf dieser Welt
In Einigkeit zusammenhält.
Ich bin's, der hoch vonnöten ist,
Daß euch das Federvieh nicht frißt;
Ich, dessen hohe Fassungskraft
Euch schließlich in die Mühle schafft.
Verneigt euch tief, denn ich bin Der!
Was wäret ihr, wenn ich nicht wär?
Sanft rauschen die Ähren:
Du wärst ein leerer Schlauch,
wenn wir nicht wären.

Wirklich, er war unentbehrlich!
Überall, wo was geschah
Zu dem Wohle der Gemeinde,
Er war tätig, er war da.

Schützenfest, Kasinobälle,
Pferderennen, Preisgericht,
Liedertafel, Spritzenprobe,
Ohne ihn da ging es nicht.

Ohne ihn war nichts zu machen,
Keine Stunde hatt' er frei.
Gestern, als sie ihn begruben,
War er richtig auch dabei.

Sehr tadelnswert ist unser Tun,
Wir sind nicht brav und bieder. –
Gesetzt den Fall, es käme nun
Die Sündflut noch mal wieder.

Das wär ein Zappeln und Geschreck!
Wir tauchten alle unter;
Dann kröchen wir wieder aus dem Dreck
Und wären, wie sonst, recht munter.

Was ist die alte Mamsell Schmöle
Für eine liebe, treue Seele!
Sie spricht zu ihrer Dienerin:
Ach, Rieke, geh Sie da nicht hin!

Was will Sie da im goldnen Löben
Heut abend auf und nieder schweben?
Denn wedelt nicht bei Spiel und Tanz
Der Teufel fröhlich mit dem Schwanz?

Und überhaupt, was ist es nütz?
Sie quält sich ab, Sie kommt in Schwitz,
Sie geht hinaus, erkältet sich
Und hustet dann ganz fürchterlich.

Drum bleibe Sie bei mir nur lieber!
Und, Rieke, geh Sie mal hinüber
Und hole Sie vom Kaufmann Fräse
Ein Viertel guten Schweizerkäse,

Und sei Sie aber ja ja ja
Gleich zur Minute wieder da!
So ist die gute Mamsell Schmöle
Besorgt für Riekens Heil der Seele.

Ja später noch, in stiller Nacht,
Ist sie auf diesen Zweck bedacht
Und schleicht an Riekens Kammertür
Und schaut, ob auch die Rieke hier,

Und ob sie auch in Frieden ruht
Und daß ihr ja nicht wer was tut,
Was sich nun einmal nicht gehört,
Was gottlos und beneidenswert.

Es wird mit Recht ein guter Braten
Gerechnet zu den guten Taten;
Und daß man ihn gehörig mache,
Ist weibliche Charaktersache.
Ein braves Mädchen braucht dazu
Mal, erstens, reine Seelenruh,
Daß bei Verwendung der Gewürze
Sie sich nicht hastig überstürze.
Dann, zweitens, braucht sie Sinnigkeit,
Ja, sozusagen Innigkeit,
Damit sie alles appetitlich,
Bald so, bald so und recht gemütlich
Begießen, drehn und wenden könne,
Daß an der Sache nichts verbrenne.
In Summa braucht sie Herzensgüte,
Ein sanftes Sorgen im Gemüte,
Fast etwas Liebe insofern,
Für all die hübschen, edlen Herrn,
Die diesen Braten essen sollen
Und immer gern was Gutes wollen.
Ich weiß, daß hier ein jeder spricht:
Ein böses Mädchen kann es nicht.
Drum hab' ich mir auch stets gedacht
Zu Haus und anderwärts:
Wer einen guten Braten macht,
Hat auch ein gutes Herz.

Ihr kennt ihn doch schon manches Jahr,
Wißt, was es für ein Vogel war;
Wie er in allen Gartenräumen
Herumgeflattert auf den Bäumen;

Wie er die hübschen roten Beeren,
Die andern Leuten zugehören,
Mit seinem Schnabel angepickt
Und sich ganz lasterhaft erquickt.

Nun hat sich dieser böse Näscher,
Gardinenschleicher, Mädchenhäscher,
Der manchen Biedermann gequält,
Am Ende selber noch vermählt.

Nun legt er seine Stirn in Falten,
Fängt eine Predigt an zu halten
Und möchte uns von Tugend schwatzen.

Ei, so ein alter Schlingel! Kaum
Hat er 'nen eignen Kirschenbaum,
So schimpft er auf die Spatzen.

Ferne Berge seh ich glühen!
Unruhvoller Wandersinn!
Morgen will ich weiter ziehen,
Weiß der Teufel, wohin?

Ja ich will mich nur bereiten,
Will – was hält mich nur zurück?
Nichts wie dumme Kleinigkeiten!
Zum Exempel, Dein Blick!

Es ging der fromme Herr Kaplan,
Nachdem er bereits viel Gutes getan.
In stiller Betrachtung der schönen Natur
Einst zur Erholung durch die Flur.

Und als er kam an den Waldessaum,
Da rief der Kuckuck lustig vom Baum:
Wünsch guten Abend, Herr Kollege!
Der Storch dagegen, nicht weit vom Wege,
Steigt in der Wiese auf und ab
Und spricht verdrießlich: Plapperapapp!
Gäb's lauter Pfaffen lobesam,
Ich wäre längst schon flügellahm!

Man sieht, daß selbst der frömmste Mann
Nicht allen Leuten gefallen kann.

Ach, wie geht's dem Heilgen Vater!
Groß und schwer sind seine Lasten,
Drum, o Joseph, trag den Gulden
In Sankt Peters Sammelkasten!

So sprach im Seelentrauerton
Die Mutter zu dem frommen Sohn.
Der Joseph, nach empfangner Summe,
Eilt auch sogleich ums Eck herumme,

Bis er das Tor des Hauses fand,
Wo eines Bockes Bildnis stand,
Was man dahin gemalt mit Fleiß
Zum Zeichen, daß hier Bockverschleiß.

Allhier in einem kühlen Hof
Setzt sich der Joseph hin und soff;
Und aß dazu, je nach Bedarf,
Die gute Wurst, den Radi scharf,

Bis er, was nicht gar lange währt,
Sankt Peters Gulden aufgezehrt.
Nun wird's ihm trauriglich zu Sinn
Und stille singt er vor sich hin:

Ach der Tugend schöne Werke,
Gerne möcht ich sie erwischen,
Doch ich merke, doch ich merke,
Immer kommt mir was dazwischen.

Es stand vor eines Hauses Tor
Ein Esel mit gespitztem Ohr,
Der käute sich ein Bündel Heu
Gedankenvoll und still entzwei. –

Nun kommen da und bleiben stehn
Der naseweisen Buben zween,
Die auch sogleich, indem sie lachen,
Verhaßte Redensarten machen,

Womit man denn bezwecken wollte,
Daß sich der Esel ärgern sollte. –

Doch dieser hocherfahrne Greis
Beschrieb nur einen halben Kreis,
Verhielt sich stumm und zeigte itzt
Die Seite, wo der Wedel sitzt.

Wer möchte diesen Erdenball
Noch fernerhin betreten,
Wenn wir Bewohner überall
Die Wahrheit sagen täten.

Ihr hießet uns, wir hießen euch
Spitzbuben und Halunken,
Wir sagten uns fatales Zeug,
Noch eh wir uns betrunken.

Und überall im weiten Land,
Als langbewährtes Mittel,
Entsproßte aus der Menschenhand
Der treue Knotenknittel.

Da lob ich mir die Höflichkeit,
Das zierliche Betrügen.
Du weißt Bescheid, ich weiß Bescheid;
Und allen macht's Vergnügen.

Ich wußte, sie ist in der Küchen,
Ich bin ihr leise nachgeschlichen.
Ich wollt' ihr ew'ge Treue schwören
Und fragen, willst du mir gehören?

Auf einmal aber stutzte ich.
Sie kramte zwischen dem Gewürze;
Dann schneuzte sie und putzte sich
Die Nase mit der Schürze.

Die erste alte Tante sprach:
Wir müssen nun auch dran denken,
Was wir zu ihrem Namenstag
Dem guten Sophiechen schenken.

Darauf sprach die zweite Tante kühn:
Ich schlage vor, wir entscheiden
Uns für ein Kleid in Erbsengrün,
Das mag Sophiechen nicht leiden.

Der dritten Tante war das recht:
Ja, sprach sie, mit gelben Ranken!
Ich weiß, sie ärgert sich nicht schlecht
Und muß sich auch noch bedanken.

Da kommt mir eben so ein Freund
Mit einem großen Zwicker.
Er, ruft er, Freundchen, wie mir scheint,
Sie werden immer dicker.

Ja ja, man weiß oft selbst nicht wie,
So kommt man in die Jahre;
Pardon, mein Schatz, hier haben Sie
Schon eins, zwei graue Haare! –

Hinaus, verdammter Kritikus,
Sonst schmeiß ich dich in Scherben.
Du Schlingel willst mir den Genuß
Der Gegenwart verderben!

Der alte Förster Püsterich
Der ging nach langer Pause
Mal wieder auf den Schnepfenstrich
Und brachte auch eine nach Hause.

Als er sie nun gebraten hätt,
Da tät ihn was verdreußen;
Das Tierlein roch wie sonst so nett,
Nur konnt er's nicht recht mehr beißen.

Ach ja! so seufzt er wehgemut
Und wischt sich ab die Träne,
Die Nase wär so weit noch gut,
Nur bloß, es fehlen die Zähne.

Kinder, lasset uns besingen,
Aber ohne allen Neid,
Onkel Kaspers rote Nase,
Die uns schon so oft erfreut.

Einst ward sie als zarte Pflanze
Ihm von der Natur geschenkt;
Fleißig hat er sie begossen,
Sie mit Wein und Schnaps getränkt.

Bald bemerkte er mit Freuden,
Daß die junge Knospe schwoll,
Bis es eine Rose wurde,
Dunkelrot und wundervoll.

Alle Rosen haben Dornen,
Diese Rose hat sie nicht,
Hat nur so ein Büschel Haare,
Welches keinen Menschen sticht.

Ihrem Kelch entströmen süße
Wohlgerüche, mit Verlaub:
Aus der wohlbekannten Dose
Schöpft sie ihren Blütenstaub.

Oft an einem frischen Morgen
Zeigt sie uns ein duftig Blau,
Und an ihrem Herzensblatte
Blinkt ein Tröpflein Perlentau.

Wenn die andern Blumen welken,
Wenn's im Winter rauh und kalt,
Dann hat diese Wunderrose
Erst die rechte Wohlgestalt.

Drum zu ihrem Preis und Ruhme
Singen wir dies schöne Lied.
Vivat Onkel Kaspers Nase,
Die zu allen Zeiten blüht!

Früher, da ich unerfahren
Und bescheidner war als heute,
Hatten meine höchste Achtung
Andre Leute.

Später traf ich auf der Weide
Außer mir noch mehre Kälber,
Und nun schätz ich, sozusagen,
Erst mich selber.

Es saß in meiner Knabenzeit
Ein Fräulein jung und frisch
Im ausgeschnittnen grünen Kleid
Mir vis-à-vis bei Tisch.

Und wie's denn so mit Kindern geht,
Sehr frömmig sind sie nie,
Ach, dacht ich oft beim Tischgebet,
Wie schön ist doch Marie!

Die Tante winkt, die Tante lacht:
He, Fritz, komm mal herein!
Sieh, welch ein hübsches Brüderlein
Der gute Storch in letzter Nacht
Ganz heimlich der Mama gebracht.
Ei ja, das wird dich freun!
Der Fritz, der sagte kurz und grob:
Ich hol 'n dicken Stein
Und schmeiß ihn an den Kopp!

Es sprach der Fritz zu dem Papa:
Was sie nur wieder hat?
Noch gestern sagte mir Mama:
Du fährst mit in die Stadt.

Ich hatte mich schon so gefreut
Und war so voll Pläsier.
Nun soll ich doch nicht mit, denn heut
Da heißt es: Fritz bleibt hier!

Der Vater saß im Sorgensitz.
Er sagte ernst und still:
Trau Langhals nicht, mein lieber Fritz,
Der hustet, wann er will!

Was soll ich nur von eurer Liebe glauben?
Was kriecht ihr immer so in dunkle Lauben?
Wozu das ew'ge Flüstern und Gemunkel?
Das scheinen höchst verdächtige Geschichten.
Und selbst die besten ehelichen Pflichten,
Von allem Tun die schönste Tätigkeit,
In Tempeln von des Priesters Hand geweiht,
Ihr hüllt sie in ein schuldbewußtes Dunkel.

Du willst sie nie und nie mehr wiedersehen?
Besinne dich, mein Herz, noch ist es Zeit.
Sie war so lieb. Verzeih, was auch geschehen.
Sonst nimmt dich wohl beim Wort die Ewigkeit
Und zwingt dich mit Gewalt zum Weitergehen
Ins öde Reich der Allvergessenheit.
Du rufst und rufst; vergebens sind die Worte;
Ins feste Schloß dumpfdröhnend schlägt die Pforte.

Ich hab in einem alten Buch gelesen
Von einem Jüngling, welcher schlimm gewesen.
Er streut sein Hab und Gut in alle Winde.
Von Lust zu Lüsten und von Sünd zu Sünde,
In tollem Drang, in schrankenlosem Streben
Spornt er sein Roß hinein ins wilde Leben,
Bis ihn ein jäher Sturz vom Felsenrand
Dahingestreckt in Sand und Sonnenbrand,
Daß Ströme Bluts aus seinem Munde dringen
Und jede Hoffnung fast erloschen ist.
Ich aber hoffe – sagt hier der Chronist –
Die Gnade leiht dem Jüngling ihre Schwingen.

Im selben Buche hab auch ich gelesen
Von einem Manne, der honett gewesen.
Es war ein Mann, den die Gemeinde ehrte,
Der so von sechs bis acht sein Schöppchen leerte,
Der aus Prinzip nie einem etwas borgte,
Der emsig nur für Frau und Kinder sorgte;
Dazu ein proprer Mann, der nie geflucht,
Der seine Kirche musterhaft besucht.
Kurzum, er hielt sein Rößlein stramm im Zügel,
Und war, wie man so sagt, ein guter Christ.
Ich fürchte nur – bemerkt hier der Chronist –
Dem Biedermanne wachsen keine Flügel.

Zwischen diesen zwei gescheiten
Mädchen, Anna und Dorette,
Ist zu allen Tageszeiten
Doch ein ewiges Gekrette.

Noch dazu um Kleinigkeiten. –
Gestern gingen sie zu Bette,
Und sie fingen an zu streiten,
Wer die dicksten Waden hätte.

Es flog einmal ein muntres Fliegel
Zu einem vollen Honigtiegel.
Da tunkt es mit Zufriedenheit
Den Rüssel in die Süßigkeit.
Nachdem es dann genug geschleckt,
Hat es die Flügel ausgereckt
Und möchte sich nach oben schwingen.
Allein das Bein im Honigseim
Sitzt fest als wie in Vogelleim.
Nun fängt das Fliegel an zu singen:
Ach, lieber Himmel, mach mich frei
Aus dieser süßen Sklaverei!

Ein Freund von mir, der dieses sah.
Der seufzte tief und rief: Ja ja!

Die Liebe war nicht geringe,
Sie wurden ordentlich blaß;
Sie sagten sich tausend Dinge
Und wußten noch immer was.

Sie mußten sich lange quälen,
Doch schließlich kam's dazu,
Daß sie sich konnten vermählen.
Jetzt haben die Seelen Ruh.

Bei eines Strumpfes Bereitung
Sitzt sie im Morgenhabit;
Er liest in der Kölnischen Zeitung
Und teilt ihr das Nötige mit.

Selig sind die Auserwählten,
Die sich liebten und vermählten;
Denn sie tragen hübsche Früchte.
Und so wuchert die Geschichte
Sichtbarlich von Ort zu Ort.
Doch die braven Junggesellen,
Jungfern ohne Ehestellen,
Welche ohne Leibeserben
So als Blattgewächse sterben,
Pflanzen sich durch Knollen fort.

Es saß ein Fuchs im Walde tief.
Da schrieb ihm der Bauer einen Brief:
So und so, und er sollte nur kommen,
's wär alles verziehn, was übelgenommen.
Der Hahn, die Hühner und Gänse ließen
Ihn alle zusammen auch vielmals grüßen.
Und wann ihn denn erwarten sollte
Sein guter, treuer Krischan Bolte.
Drauf schrieb der Fuchs mit Gänseblut:
Kann nicht gut.
Meine Alte mal wieder
Gekommen nieder!
Im übrigen von ganzer Seele
Dein Fuchs in der Höhle.

Gott ja, was gibt es doch für Narren!
Ein Bauer schneidet sich 'n Knarren
Vom trocknen Brot und kaut und kaut.
Dabei hat er hinaufgeschaut
Nach einer Wurst, die still und heiter
Im Rauche schwebt, dicht bei der Leiter.
Er denkt mit himmlischem Vergnügen:
Wenn ick man woll, ick könn di kriegen!

Sie stritten sich beim Wein herum,
Was das nun wieder wäre;
Das mit dem Darwin wär gar zu dumm
Und wider die menschliche Ehre.

Sie tranken manchen Humpen aus,
Sie stolperten aus den Türen,
Sie grunzten vernehmlich und kamen zu Haus
Gekrochen auf allen vieren.

Ach, ich fühl es! Keine Tugend
Ist so recht nach meinem Sinn;
Stets befind ich mich am wohlsten,
Wenn ich damit fertig bin.

Dahingegen so ein Laster,
Ja, das macht mir viel Pläsier;
Und ich hab die hübschen Sachen
Lieber vor als hinter mir.

Das Bild des Mann's in nackter Jugendkraft,
So stolz in Ruhe und bewegt so edel,
Wohl ist's ein Anblick, der Bewundrung schafft;
Drum Licht herbei! Und merke dir's, o Schädel!

Jedoch ein Weib, ein unverhülltes Weib –
Da wird dir's doch ganz anders, alter Junge.
Bewundrung zieht sich durch den ganzen Leib
Und greift mit Wonneschreck an Herz und Lunge.

Und plötzlich jagt das losgelassne Blut
Durch alle Gassen, wie die Feuerreiter.
Der ganze Kerl ist eine helle Glut;
Er sieht nichts mehr und tappt nur noch so weiter.

Ich sah dich gern im Sonnenschein,
Wenn laut die Vöglein sangen,
Wenn durch die Wangen und Lippen dein
Rosig die Strahlen drangen.

Ich sah dich auch gerne im Mondenlicht
Beim Dufte der Jasminen,
Wenn mir dein freundlich Angesicht
So silberbleich erschienen.

Doch, Mädchen, gern hätt' ich dich auch,
Wenn ich dich gar nicht sähe,
Und fühlte nur deines Mundes Hauch
In himmlisch warmer Nähe.

Wenn ich dereinst ganz alt und schwach,
Und 's ist mal ein milder Sommertag,
So hink ich wohl aus dem kleinen Haus
Bis unter den Lindenbaum hinaus.
Da setz ich mich denn im Sonnenschein
Einsam und still auf die Bank von Stein,
Denk an vergangene Zeiten zurücke
Und schreibe mit meiner alten Krücke
Und mit der alten zitternden Hand

So vor mir in den Sand.

Ich weiß noch, wie er in der Juppe
Als rauhbehaarte Bärenpuppe
Vor seinem vollen Humpen saß
Und hoch und heilig sich vermaß,
Nichts ginge über rechten Durst,
Und Lieb und Ehr wär gänzlich Wurst.

Darauf verging nicht lange Zeit,
Da sah ich ihn voll Seligkeit,
Gar schön gebürstet und gekämmt,
Im neuen Frack und reinem Hemd,
Aus Sankt Micheli Kirche kommen,
Allwo er sich ein Weib genommen.

Nun ist auch wohl, so wie mir scheint,
Die Zeit nicht ferne, wo er meint,
Daß so ein kleines Endchen Ehr
Im Knopfloch gar nicht übel wär.

Sahst du das wunderbare Bild von Brouwer?
Es zieht dich an wie ein Magnet,
Du lächelst wohl, derweil ein Schreckenschauer
Durch deine Wirbelsäule geht.

Ein kühler Dokter öffnet einem Manne
Die Schwäre hinten im Genick;
Daneben steht ein Weib mit einer Kanne,
Vertieft in dieses Mißgeschick.

Ja, alter Freund, wir haben unsre Schwäre
Meist hinten. Und voll Seelenruh
Drückt sie ein andrer auf. Es rinnt die Zähre,
Und fremde Leute sehen zu.

Sie hat nichts und du desgleichen;
Dennoch wollt ihr, wie ich sehe,
Zu dem Bund der heil'gen Ehe
Euch bereits die Hände reichen.

Kinder, seid ihr denn bei Sinnen?
Überlegt euch das Kapitel!
Ohne die gehör'gen Mittel
Soll man keinen Krieg beginnen.

Denkst du dieses alte Spiel
Immer wieder aufzuführen?
Willst du denn mein Mitgefühl
Stets durch Tränen ausprobieren?

Oder möchtest du vielleicht
Mir des Tanzes Lust versalzen?
Früher hast du's oft erreicht;
Heute werd ich weiter walzen.

Der alte Junge ist gottlob
Noch immer äußerst rührig;
Er läßt nicht nach, er tut als ob,
Wenn schon die Sache schwierig.

Wie wonnig trägt er Bart und Haar,
Wie blinkt der enge Stiefel.
Und bei den Damen ist er gar
Ein rechter böser Schliefel.

Beschließt er dann des Tages Lauf
So darf er sich verpusten,
Setzt seine Zipfelkappe auf
Und muß ganz schrecklich husten.

Also hat es dir gefallen
Hier in dieser schönen Welt;
So daß das Vondannenwallen
Dir nicht sonderlich gefällt.

Laß dich das doch nicht verdrießen.
Wenn du wirklich willst und meinst,
Wirst du wieder aufersprießen;
Nur nicht ganz genau wie einst.

Aber, Alter, das bedenke,
Daß es hier noch manches gibt,
Zum Exempel Gicht und Ränke,
Was im ganzen unbeliebt.

Du warst noch so ein kleines Mädchen
Von acht, neun Jahren ungefähr,
Da fragtest du mich vertraut und wichtig:
Wo kommen die kleinen Kinder her?

Als ich nach Jahren dich besuchte,
Da warst du schon über den Fall belehrt,
Du hattest die alte vertrauliche Frage
Hübsch praktisch gelöst und aufgeklärt.

Und wieder ist die Zeit vergangen.
Hohl ist der Zahn und ernst der Sinn.
Nun kommt die zweite wichtige Frage:
Wo gehen die alten Leute hin?

Madam, ich habe mal vernommen,
Ich weiß nicht mehr so recht von wem:
Die praktische Lösung dieser Frage
Sei eigentlich recht unbequem.

Er war ein grundgescheiter Mann,
Sehr weise und hocherfahren;
Er trug ein graumeliertes Haar,
Dieweil er schon ziemlich bei Jahren.

Er war ein abgesagter Feind
Des Lachens und des Scherzens
Und war doch der größte Narr am Hof
Der Königin seines Herzens.

Hoch verehr ich ohne Frage
Dieses gute Frauenzimmer.
Seit dem segensreichen Tage,
Da ich sie zuerst erblickt,
Hat mich immer hoch entzückt
Ihre rosenfrische Jugend,
Ihre Sittsamkeit und Tugend
Und die herrlichen Talente.
Aber dennoch denk ich immer,
Daß es auch nicht schaden könnte,
Wäre sie ein bissel schlimmer.

Es hatt' ein Müller eine Mühl
An einem Wasser kühle;
Da kamen hübscher Mädchen viel
Zu mahlen in der Mühle.

Ein armes Mädel war darunt,
Zählt sechzehn Jahre eben;
Allwo es ging, allwo es stund,
Der Müller stund daneben.

Er schenkt ein Ringlein ihr von Gold,
Daß er in allen Ehren
Sie ewig immer lieben wollt;
Da ließ sie sich betören.

Der Müller, der war falsch von Sinn:
„Wenn ich mich tu vermählen,
So will ich mir als Müllerin
Wohl eine Reiche wählen."

Da 's arme Mädel das vernahm,
Wird's blaß und immer blasser
Und red't nit mehr und ging und kam
Und sprang ins tiefe Wasser.–

Der Müller kümmert sich nicht viel,
Tät Hochzeitsleut bestellen
Und fährt mit Sang und Saitenspiel
'ne andre zur Kapellen.

Doch als man auf die Brücke kam,
Fängt's Wasser an zu wogen
Und zischt und rauscht verwundersam
Herauf bis an den Bogen.

Die weiße Wassernixe stand
Auf schaumgekrönter Welle;
Sie hält in ihrer weißen Hand
Von Gold ein Ringlein helle.

Du Falscher, deine Zeit ist aus!
Beeile dich geschwinde!
Dich ruft hinab ins kalte Haus
Die Mutter mit dem Kinde.

Wärst du ein Bächlein, ich ein Bach,
So eilt ich dir geschwinde nach.
Und wenn ich dich gefunden hätt'
In deinem Blumenuferbett:
Wie wollt ich mich in dich ergießen
Und ganz mit dir zusammenfließen,
Du vielgeliebtes Mädchen du!
Dann strömten wir bei Nacht und Tage
Vereint in süßem Wellenschlage
Dem Meere zu.

Mein kleinster Fehler ist der Neid. –
Aufrichtigkeit, Bescheidenheit,
Dienstfertigkeit und Frömmigkeit,
Obschon es herrlich schöne Gaben,
Die gönn' ich allen, die sie haben.
Nur, wenn ich sehe, daß der Schlechte
Das kriegt, was ich gern selber möchte;
Nur wenn ich leider in der Nähe
So viele böse Menschen sehe,
Und wenn ich dann so oft bemerke,
Wie sie durch sittenlose Werke
Den lasterhaften Leib ergötzen,
Das freilich tut mich tief verletzen.
Sonst, wie gesagt, bin ich hienieden
Gottlobunddank so recht zufrieden.

Strebst du nach des Himmels Freude
Und du weißt's nicht anzufassen,
Sieh nur, was die andern Leute
Mit Vergnügen liegen lassen.

Dicke Steine, altes Eisen
Und mit Sand gefüllte Säcke
Sind den meisten, welche reisen,
Ein entbehrliches Gepäcke.

Laß sie laufen, laß sie rennen;
Nimm, was bleibt, zu deinem Teile.
Nur was sie dir herzlich gönnen,
Dient zu deinem ew'gen Heile.

Wenn mir mal ein Malheur passiert,
Ich weiß, so bist du sehr gerührt.
Du denkst, es wäre doch fatal,
Passierte dir das auch einmal.
Doch weil das böse Schmerzensding
Zum Glück an dir vorüberging,
So ist die Sache anderseits
Für dich nicht ohne allen Reiz.
Du merkst, daß die Bedaurerei
So eine Art von Wonne sei.

Als er noch krause Locken trug,
War alles ihm zu dumm,
Stolziert daher und trank und schlug
Sich mit den Leuten herum.

Die hübschen Weiber schienen ihm
Ein recht beliebtes Spiel;
An Seraphim und Cherubim
Glaubt er nicht sonderlich viel.

Jetzt glaubt er, was der Pater glaubt,
Blickt nur noch niederwärts,
Hat etwas Haar am Hinterhaupt
Und ein verprömmeltes Herz.

Gestern war in meiner Mütze
Mir mal wieder was nicht recht;
Die Natur schien mir nichts nütze
Und der Mensch erbärmlich schlecht.

Meine Ehgemahlin hab ich
Ganz gehörig angeplärrt.
Drauf aus purem Zorn begab ich
Mich ins Symphoniekonzert.

Doch auch dies war nicht so labend,
Wie ich eigentlich gedacht,
Weil man da den ganzen Abend
Wieder mal Musik gemacht.

Gerne wollt ihr Gutes gönnen
Unserm Goethe, unserm Schiller,
Nur nicht Meier oder Müller,
Die noch selber lieben können.

Denn durch eure Männerleiber
Geht ein Konkurrenzgetriebe;
Sei es Ehre, sei es Liebe;
Doch dahinter stecken Weiber.

Wie schad, daß ich kein Pfaffe bin.
Das wäre so mein Fach.
Ich bummelte durchs Leben hin
Und dächt' nicht weiter nach.

Mich plagte nicht des Grübelns Qual,
Der dumme Seelenzwist,
Ich wüßte ein für allemal,
Was an der Sache ist.

Und weil mich dann kein Teufel stört,
So schlief ich recht gesund,
Wär wohlgenährt und hochverehrt
Und würde kugelrund.

Käm dann die böse Fastenzeit,
So wär ich fest dabei,
Bis ich mich elend abkasteit
Mit Lachs und Hühnerei.

Und dich, du süßes Mägdelein,
Das gern zur Beichte geht,
Dich nähm ich dann so ganz allein
Gehörig ins Gebet.

Sie war ein Blümlein hübsch und fein,
Hell aufgeblüht im Sonnenschein.
Er war ein junger Schmetterling,
Der selig an der Blume hing.

Oft kam ein Bienlein mit Gebrumm
Und nascht und säuselt da herum.
Oft kroch ein Käfer kribbelkrab
Am hübschen Blümlein auf und ab.

Ach Gott, wie das dem Schmetterling
So schmerzlich durch die Seele ging.

Doch was am meisten ihn entsetzt,
Das Allerschlimmste kam zuletzt.
Ein alter Esel fraß die ganze
Von ihm so heiß geliebte Pflanze.

Ich saß vergnüglich bei dem Wein
Und schenkte eben wieder ein.
Auf einmal fuhr mir in die Zeh
Ein sonderbar pikantes Weh.

Ich schob mein Glas sogleich beiseit
Und hinkte in die Einsamkeit
Und wußte, was ich nicht gewußt:

Der Schmerz ist Herr und Sklavin ist die Lust.

Wärst du wirklich so ein rechter
Und wahrhaftiger Asket,
So ein Welt- und Kostverächter
Der bis an die Wurzel geht;

Dem des Goldes freundlich Blinken,
Dem die Liebe eine Last,
Der das Essen und das Trinken,
Der des Ruhmes Kränze haßt –

Das Gekratze und Gejucke,
Aller Jammer hörte auf;
Kracks! mit einem einz'gen Rucke
Hemmtest du den Weltenlauf.

Du hast das schöne Paradies verlassen,
Tratst ein in dieses Labyrinthes Gassen,
Verlockt von lieblich winkenden Gestalten,
Die Schale dir und Kranz entgegenhalten;
Und unaufhaltsam zieht's dich weit und weiter.

Wohl ist ein leises Ahnen dein Begleiter,
Ein heimlich Graun, daß diese süßen Freuden
Dich Schritt um Schritt von deiner Heimat scheiden,
Daß Irren Sünde, Heimweh dein Gewissen;
Doch ach umsonst! Der Faden ist zerrissen.
Hohläugig faßt der Schmerz dich an und warnt,
Du willst zurück, die Seele ist umgarnt.
Vergebens steht ob deinem Haupt der Stern.
Einsam, gefangen, von der Heimat fern,
Ein Sklave, starrst du in des Stromes Lauf
Und hängst an Weiden deine Harfe auf.

Nun fährst du wohl empor, wenn so zuzeiten
Im stillen Mondlicht durch die Saiten
Ein leises wehmutsvolles Klagen geht
Von einem Hauch, der aus der Heimat weht.

Seid mir nur nicht gar zu traurig,
Daß die schöne Zeit entflieht,
Daß die Welle kühl und schaurig
Uns in ihre Wirbel zieht;

Daß des Herzens süße Regung,
Daß der Liebe Hochgenuß,
Jene himmlische Bewegung,
Sich zur Ruh begeben muß.

Laßt uns lieben, singen, trinken,
Und wir pfeifen auf die Zeit;
Selbst ein leises Augenwinken
Zuckt durch alle Ewigkeit.

Nun, da die Frühlingsblumen wieder blühen,
In milder Luft die weißen Wolken ziehen,
Denk ich mit Wehmut deiner Lieb und Güte,
Du süßes Mädchen, das so früh verblühte.
Du liebtest nicht der Feste Lärm und Gaffen,
Erwähltest dir daheim ein stilles Schaffen,
Die Sorge und Geduld, das Dienen, Geben,
Ein innigliches Nurfürandreleben.
So teiltest du in deines Vaters Haus
Den Himmelsfrieden deiner Seele aus.
Bald aber kamen schwere, schwere Zeiten.
Wir mußten dir die Lagerstatt bereiten;
Wir sahn, wie deine lieben Wangen bleichten,
Sahn deiner Augen wundersames Leuchten;
Wir weinten in der Stille, denn wir wußten,
Daß wir nun bald auf ewig scheiden mußten.
Du klagtest nicht. Voll Milde und Erbarmen
Gedachtest du der bittern Not der Armen,
Gabst ihnen deine ganze kleine Habe
Und seufztest tief, daß so gering die Gabe.
Es war die letzte Nacht und nah das Ende;
Wir küßten dir die zarten weißen Hände;
Du sprachst, lebt wohl, in deiner stillen Weise,
Und: oh, die schönen Blumen! riefst du leise.
Dann war's vorbei. Die großen Augensterne,
Weit, unbeweglich, starrten in die Ferne,
Indes um deine Lippen, halbgeschlossen,
Ein kindlichernstes Lächeln ausgegossen.
So lagst du da, als hättest du entzückt
Und staunend eine neue Welt erblickt.
Wo bist du nun, du süßes Kind, geblieben?
Bist du ein Bild im Denken deiner Lieben?

Hast du die weißen Schwingen ausgebreitet
Und zogst hinauf von Engelshand geleitet
Zu jener Gottesstadt im Paradiese,
Wo auf der heiligstillen Blütenwiese
Fernher im feierlichen Zug die Frommen
Anbetend zu dem Bild des Lammes kommen?
Wo du auch seist; im Herzen bleibst du mein
Was Gutes in mir lebt, dein ist's allein.

Ich weiß ein Märchen hübsch und tief
Ein Hirtenknabe lag und schlief.
Da sprang heraus aus seinem Mund
Ein Mäuslein auf den Heidegrund.
Das weiße Mäuslein lief sogleich
Nach einem Pferdeschädel bleich,
Der da schon manchen lieben Tag
In Sonnenschein und Regen lag.
Husch! ist das kleine Mäuslein drin,
Läuft hin und her und her und hin,
Besieht sich all die leeren Fächer,
Schaut listig durch die Augenlöcher
Und raschelt so die Kreuz und Quer
Im alten Pferdekopf umher. –

Auf einmal kommt 'ne alte Kuh,
Stellt sich dahin und macht Hamuh!
Das Mäuslein, welches sehr erschreckt,
Daß da auf einmal wer so blökt,
Springt, hutschi, übern Heidegrund
Und wieder in des Knaben Mund. –

Der Knab erwacht und seufzte: Oh,
Wie war ich doch im Traum so froh!
Ich ging in einen Wald hinaus,
Da kam ich vor ein hohes Haus,
Das war ein Schloß von Marmelstein.
Ich ging in dieses Schloß hinein.
Im Schloß sah ich ein Mädchen stehn,
Das war Prinzessin Wunderschön.
Sie lächelt freundlich und bekannt,
Sie reicht mir ihre weiße Hand,

Sie spricht: „Schau her, ich habe Geld,
Und mir gehört die halbe Welt;
Ich liebe dich nur ganz allein,
Du sollst mein Herr und König sein."
Und wie ich fall in ihren Schoß,
Ratuh! kommt ein Trompetenstoß.
Und weg ist Liebchen, Schloß und alles
Infolge des Trompetenschalles.

O du, die mir die Liebste war,
Du schläfst nun schon so manches Jahr.
So manches Jahr, da ich allein,
Du gutes Herz, gedenk ich dein.
Gedenk ich dein, von Nacht umhüllt,
So tritt zu mir dein treues Bild.
Dein treues Bild, was ich auch tu,
Es winkt mir ab, es winkt mir zu.
Und scheint mein Wort dir gar zu kühn,
Nicht gut mein Tun,
Du hast mir einst so oft verziehn,
Verzeih auch nun.

WAS MICH BETRIFFT

2. Dezember 1886

Ja, die Zeit spinnt luftige Fäden; besonders die in Vorrat, welche wir oft weit hinausziehen in die sogenannte Zukunft, um unsere Sorgen und Wünsche aufzuhängen, wie die Tante ihre Wäsche, die der Wind zerstreut. – Als ob's mit dem Gedrängel des gegenwärtigen Augenblicks nicht grad genug wäre.

Und dann dies liebe, trauliche, teilweis grauliche, aber durchaus putzwunderliche Polterkämmerchen der Erinnerung, voll scheinbar welken, abgelebten Zeugs; das dennoch weiter wirkt, drückt, zwickt, erfreut; oft ganz wie's ihm beliebt, nicht uns; das sitzen bleibt, obwohl nicht eingeladen, das sich empfiehlt, wenn wir es halten möchten. Ein Kämmerchen, in Fächer eingeteilt, mit weißen, roten Türen, ja selbst mit schwarzen, wo die alten Dummheiten hinter sitzen.

Vielleicht ist's grade Winter. Leise wimmeln die Flocken vor deinem Fenster nieder. Ein weißes Türchen tut sich auf. Sieh nur, wie deutlich alles dasteht; wie in einem hellerleuchteten Puppenstübchen. – Der Lichterbaum, die Rosinengirlanden, die schaumvergoldeten Äpfel und Nüsse, die braungebackenen Lendenkerle;

glückliche Eltern, selige Kinder. – Freundlich betrachtest du das Bübchen dort, denn das warst du, und wehmütig zugleich, daß nichts Besseres und Gescheiteres aus ihm geworden, als was du bist.
Mach wieder zu. – Öffne dies rote Türchen. – Ein blühendes Frauenbild. Ernst, innig schaut's dich an; als ob's noch wäre, und ist doch nichts wie ein Phantom von dem, was längst gewesen.
Laß sein. – Paß auf das schwarze Türchen. – Da rumort's hinter. – Halt zu! – Ja, schon recht; solange wie's geht. – Du kriegst, wer weiß woher, einen Stoß auf Herz, Leber, Magen oder Geldbeutel. Du läßt den Drücker los. Es kommt die stille, einsame, dunkle Nacht. Da geht's um in der Gehirnkapsel und spukt durch alle Gebeine, und du wirfst dich von dem heißen Zipfel deines Kopfkissens auf den kalten und her und hin, bis dir der Lärm des aufdämmernden Morgens wie ein musikalischer Genuß erscheint.
Nicht du, mein süßer Backfisch! Du liegst da in deinem weißen Häubchen und weißen Hemdchen, du faltest deine schlanken Finger, schließest die blauen, harmlosträumerischen Augen und schlummerst seelenfriedlich deiner Morgenmilch mit Brötchen entgegen, und selbst deiner Klavierstunde, denn du hast fleißig geübt.
Aber ich, Madam! und Sie, Madam; und der Herr Gemahl, der abends noch Hummer ißt, man mag sagen, was man will.– Doch nur nicht ängstlich. Die bösen Menschen brauchen nicht gleich alles zu wissen. Zum Beispiel ich, ich werde mich wohl hüten; ich lasse hier nur ein paar kümmerliche Gestalten heraus, die sich so gelegentlich in meinem Gehirn eingenistet haben, als ob sie mit dazugehörten. Es ist Nacht in der kunst- und bier-

berühmten Residenz. Ich komme natürlich aus dem Wirtshause, bin aber bereits in der Vorstadt und strebe meinem einsamen Lager zu. Links die Planke, rechts der Graben. Hinter mir eine Stadt voll leerer Maßkrüge, vor mir die schwankende Nebelsilhouette eines betagten Knickebeins. Bald drückt er zärtlich die Planke, bald zieht ihn der Graben an; bis endlich die Planke, des falschen Spieles müde, ihm einen solch verächtlichen Schubs gibt, daß er dem Graben, mit Hinterlassung des linken Filzschuhs, sofort in die geschmeidigen Arme sinkt. Ich ziehe ihn heraus bei den Beinen, wie einen Schubkarrn. Er wischt sich die Ohren und wimmert kläglich: „Wissen's i ßiech halt nimma recht!" – Gewiß häufig eine zutreffende Ausrede für ältere Herrn in verwickelten Umständen.

Ein andermal derselbe Weg. – Vor mir ein zärtliches Pärchen. Ihr schleift, am Bändel hängend, die Schürze nach. Ich wirble sie auf mit dem Stock und sage in gefälligem Ton: „Fräulein, Sie verlieren etwas." Sie hört es nicht. Es ist der Augenblick vor einem Liebeskrach. Er schlägt sie zu Boden, tritt ihr dreimal hörbar auf die Brust, und fort ist er. – Schnell ging's. Und was für einen sonderbaren Ton das gibt, so ein Fußtritt auf ein weibliches Herz. Hohl, nicht hell. Nicht Trommel, nicht Pauke. Mehr lederner Handkoffer; voll Lieb und Treu vielleicht. – Ich gebe ihr meinen Arm, daß sie sich aufrichten und erholen kann; denn man ist oft gerührt und galant, ohne betrunken zu sein. Schnell eine andere Tür. – Schau, schau! – Zwischen zwei Hügeln, mitten hindurch der Bach, das Dörflein meiner Kindheit. Vieles im scharfen Sonnenlicht früher Eindrücke; manches überschattet von mehr als vierzig vergangenen

Jahren; einiges nur sichtbar durch den Lattenzaun des Selbsterlebten und des Hörensagens. Alles so heiter, als hätt es damals nie geregnet.
Aber auch hier gibt's arme Leutchen. – Es ist noch die gute alte Zeit, wo man den kranken Handwerksburschen über die Dorfgrenze schiebt und sanft in den Chausseegraben legt, damit er ungeniert sterben kann; obschon der unbemittelte Tote immerhin noch einen positiven Wert hat; unter anderm für den Fuhrmann, der ihn zur Anatomie bringt.
Im Dörflein seitab, hier hinter den trüben Fensterscheiben, da sitzt vielleicht das „Puckelriekchen". Sie spinnt und spinnt. Auf die Lebensfreuden hat sie verzichtet. Aber drei Tage nach ihrem Tode, da wenigstens möchte sie sich mal so ein recht gemütliches Fest bereiten, nämlich ein ehrliches Begräbnis mit heilen Gliedmaßen, im schwarzlackierten Sarge, auf dem heimatlichen Kirchhofe. Nach dem Professer, der die toten Leute kaputtschneidet, will sie nicht hin; und dann müßte sie sich ja auch so schämen vor den Herren Studenten, weil sie gar so klein und mager und bucklicht ist. Darum bettelt sie und sinnt und spinnt von früh bis spät. – O weh! Zu früh schneidet die Parze den Flachs- und Lebensfaden ab. Es hat nicht gelangt. Nun heißt es doch: „Hinein in die ungehobelte Kiste", und „Krischan, spann an". Und dort fährt er hin mit ihr in der frühen Dämmerung, und wer grad verreisen muß, der kann mit aufsitzen. (Das wäre was gewesen für Tante Malchen, die immer so gern per Gelegenheit fuhr!)
Der dort langsam und verdrießlich Holz sägt, das scheint der „Pariser" zu sein. „Eine kalte Winternacht" – so pflegt er auf Plattdeutsch zu sagen – „ein Grenzstein

im freien Feld und eine Pulle voll Schluck, das müßte einen bequemen Tod abgeben." Oder: „Hätt ich nur erst eine Viertelstunde gehängt, mich dünkt, so wollt ich gleich mit einem um die Wette hängen, der schon ein ganzes Jahr gehängt hat." Gegen die erste Manier schützt er Geldmangel vor, gegen die zweite den bedenklichen Anfang. Er zögert und zögert und muß sich zuletzt mit einem gewöhnlichen Tode begnügen, wie er grad vorkommt.
Hier im Hof, auf dem Steintritt vor der Tür, steht eine hübsche Frau. Sagen wir, Kreuzbänder an den Schuhen, Locken an den Schläfen, Schildpattkamm im Flechtennest. Ein fremder Betteljunge kommt durch die Pforte. Haare wie trockner Strohlehm; Hemd und Haut aus einem Topf gemalt; Hose geräumig, vermutlich das Geschenk eines mildtätigen Großvaters; Bettelsack mit scheinbar knolligem Inhalt; Stock einfach zweckentsprechend. „Heut kriegst du nichts; wir haben selbst Arme genug." „So bra'r jöck de Düwel wat ower, dat je'r anne sticket!" Nach Abgabe dieses Segenswunsches entfernt er sich, um sein Sammelwerk anderweitig fortzusetzen. Nicht mit Erfolg. Hinter der Mauer hervor, bewehrt mit kurzem Spieß, tritt ihm unerwartet ein kleiner Mann entgegen, entledigt ihn, listig lächelnd, doch rücksichtslos, seiner Vorräte und zeigt ihm sodann, unter Zuhilfenahme der umgekehrten Waffe, durch stoßweise Andeutungen auf der Kehrseite, den richtigen Weg zum Dorfe hinaus.
Dieser Wachsame und Gewaltige ist der „alte Danne". – Da er körperlich und geistig zu schwach geworden, um Tagelöhner zu sein, so hat man ihm ein Amt verliehn, mit dem Titel „Bettelvogt", und als Zeichen seiner Wür-

de den Speer, „dat Baddelspeit". Kraft dessen ist er Herzog und Schirmherr aller einheimischen Bettler. – Er ißt „reihrund". Er schläft nachts im Pferdestall, nachmittags, bei günstiger Witterung, im Baumgarten hinter dem Hause. – Und hier kann man am besten eine Eigentümlichkeit an ihm beobachten, welche hauptsächlich bei alten unbemittelten Leuten vorzukommen scheint, die versäumt haben, sich ein neues Gebiß zu kaufen. – Atmet er ein – ein lautes Schnarchen; atmet er aus – ein leises Flöten. Erst dieser alte faltige grauborstige Mümmelmund, hübsch weit abgerundet nach innen gezogen, dann plötzlich bei hohlen Backen hübsch zugespitzt nach außen getrieben und nur ein ganz feins Löchlein drin. – Für den Naturforscher, selbst bei häufiger Wiederholung, ein interessantes Phänomen. – Leider geht der alte Danne nur noch kurze Zeit seinen Erholungen und Amtsgeschäften nach. Es kommt so ein gewisser schöner, ausdermaßen warmer Nachmittag. Zwei flachsköpfige Buben, sehr bewandert in Obstangelegenheiten, besuchen grad zufällig in einem schattigen Garten einen berühmten Sommerbirnenbaum, um eben mal nachzusehen, wie die Sachen da liegen. – Der alte Danne liegt drunter. – Speer im Arm; still, bleich, gradausgestreckt; Mund offen; zwei Fliegen kriechen aus und ein. Der alte Danne ist tot. – Und schlau hat er's abgepaßt, denn der neue Kirchhof wird nächstens eingeweiht. Er kommt noch auf den alten und kann ruhig weiter liegen, ohne von später kommenden Schlafgästen gestört zu werden. – Eine geschmackvolle Garnitur von Brennesseln steht um sein Grab herum. –

Ja, mein guter, wohlsituierter und lebendiger Leser! So muß man überall bemerken, daß es Verdrießlichkeiten gibt in dieser Welt und daß überall gestorben wird. Du aber sei froh. Du stehst noch da, wie selbstverständlich, auf deiner angestammten Erde. Und wenn du dann dahinwandelst, umbraust von den ahnungsvollen Stürmen des Frühlings, und deine Seele schwillt mutig auf, als solltest du ewig leben; wenn dich der wonnige Sommer umblüht und die liebevollen Vöglein in allen Zweigen singen; wenn deine Hand im goldenen Herbst die wallenden Ähren streift; wenn zur hellglänzenden Winterzeit dein Fuß über blitzende Diamanten knistert – hoch über dir die segensreiche Sonne oder der unendliche Nachthimmel voll winkender Sterne – und doch, durch all die Herrlichkeiten hindurch, allgegenwärtig, ein feiner, peinlicher Duft, ein leiser, zitternder Ton – und wenn du dann nicht so was wie ein heiliger Franziskus bist – sondern wenn du wohlgemut nach Hause gehst zum gutgekochten Abendschmaus und zwinkerst deiner reizenden Nachbarin zu und kannst schäkern und lustig sein, als ob sonst nichts los wäre, dann darf man dich wohl einen recht natürlichen und unbefangenen Humoristen nennen.

Fast wir alle sind welche. – Auch du, mein kleines drolliges Hänschen, mit deinem Mums, deiner geschwollenen Backe, wie du mich anlächelst durch Tränen aus deinem dicken, blanken, schiefen Gesicht heraus, auch du bist einer und wirst du vielleicht später mal gar ein Spaßvogel von Metier, der sich berufen fühlt, unsere ohnehin schon große Heiterkeit noch künstlich zu vermehren, so komm nur zu uns, guter Hans; wir werden dir gern unsere alten Anekdoten erzählen, denn du bist es wert.